AF601203

SUCCESSION

DE

Mme BOB-WALTER

CATALOGUE

DU

MOBILIER ARTISTIQUE

TABLEAUX ANCIENS ET MODERNES

Aquarelles et Dessins, par Caran d'Ache et Forain

BIJOUX

MONTÉS DE BRILLANTS ET PIERRES DE COULEUR

SAUTOIR DE 314 PERLES FINES

Argenterie — Plaqué — Fourrures — Dentelles

BEAU MANTEAU EN ZIBELINE

OBJETS DE VITRINE — PORCELAINES — FAIENCES

OBJETS VARIÉS — LIVRES

BRONZES D'ART ET D'AMEUBLEMENT, MARBRES

MEUBLES ET SIÈGES

Anciens et de Style

COMMODES — CONSOLES — TABLES — VITRINE D'ÉPOQUE LOUIS XV ET LOUIS XVI
ÉPINETTE D'ÉPOQUE PREMIER EMPIRE
SALLE A MANGER EN NOYER SCULPTÉ DE STYLE LOUIS XVI — MEUBLES
EN MARQUETERIE GARNIS DE BRONZES — PIANO 1/4 DE QUEUE DE PLEYEL
AMEUBLEMENT DE SALON EN TAPISSERIE D'AUBUSSON
DE LA MAISON JANSEN — SIÈGES EN TAPISSERIE ET EN SOIE

RIDEAUX EN SOIE — TAPIS D'ORIENT

Dépendant de la succession de Mme BOB-WALTER

Et dont la vente après décès aura lieu

EN VERTU D'ORDONNANCE ENREGISTRÉE

HOTEL DROUOT, SALLE N° 2

Les Mercredi 17 et Jeudi 18 Avril 1907,

Et, Salle n° 4, le Vendredi 19 Avril 1907, à deux heures

COMMISSAIRE-PRISEUR

Me LAIR-DUBREUIL, 6, rue Favart

EXPERTS

Pour les Tableaux :
M. GEORGES SORTAIS
11, rue Scribe

Pour les Bijoux et Objets d'art :
M. ARNOLD VAN MOPPÈS
41, rue Laffitte

EXPOSITION PUBLIQUE

Le Mardi 16 Avril 1907, de 2 heures à 6 heures

CONDITIONS DE LA VENTE

Elle sera faite au comptant.

Les adjudicataires paieront *dix pour cent* en sus des enchères.

Paris. — Imp. de l'Art, Ch. Berger et Cie, 41, rue de la Victoire

DÉSIGNATION

TABLEAUX

AQUARELLES, PASTELS, GOUACHES

DESSINS

BEERS (Jan Van)

1 — *La Dame aux chiens.*

BOUCHER (D'après)

2 — *Pastorale.*

Panneau décoratif.

Haut., 70 cent.; larg., 1 m. 40 cent.

CARAN D'ACHE

3 — *Officier de Hussards à cheval.*

Dessin à la plume rehaussé d'aquarelle.

CARAN D'ACHE

4 — *Bergère et ses moutons.*

Dessin.

CARAN D'ACHE

5 — *Trio Louis XV.*

Dessin à l'encre de Chine.

CARAN D'ACHE

6 — *Mille bons souvenirs à Totinka.*

Dessin rehaussé d'aquarelle.

CARAN D'ACHE

7 — *Fly en promenade.*

Dessin à la plume.

CARAN D'ACHE

8 — *Le Cavalier trompette.*

Dessin rehaussé d'aquarelle.

CARAN D'ACHE

9 — *L'Empereur.*

Dessin à l'encre de Chine.

CARAN D'ACHE

10 — *Cuirassier à cheval.*

Encre de Chine.

CARAN D'ACHE

11 — *Un Accueil glacial.*

Dessin à la plume.

CARAN D'ACHE

12 — *Charge de cavalerie devant l'Empereur.*

Encre de Chine.

CARAN D'ACHE

13 — *Officier d'artillerie à cheval.*

Dessin à la plume rehaussé d'aquarelle.

CARAN D'ACHE

14 — *Général à cheval.*

Dessin à la plume rehaussé d'aquarelle.
Avec dédicace : *Souvenir d'adieu, 27 juin 1889.*

CARAN D'ACHE

15 — *La Femme à l'ombrelle.*

Dessin à l'encre de Chine.

CARAN D'ACHE

16 — *Cavalier Louis XV.*

Aquarelle avec dédicace.

CROTH

17 — *Steeple-chase.*

Aquarelle signée : *Berny 1882.*

ÉCOLE FLAMANDE (XVIIe siècle)

18 — *Diane chasseresse.*

Haut., 1 mètre; larg., 1 m. 30 cent.

ÉCOLE FRANÇAISE (XVIIIe siècle)

19 — *Portrait de Femme.*

Haut., 81 cent.; larg., 65 cent.

ÉCOLE FRANÇAISE

20 — *Portrait de Jeune Femme.*

ECOLE FRANÇAISE

21 — *Portrait de Jeune Femme.*

Forme ovale. — Deux pendants.

ÉCOLE FRANÇAISE

22 — *La Diseuse de bonne aventure.*

Copie.

ÉCOLE FRANÇAISE

23 — *La Gardeuse de moutons.*

Panneau décoratif.

Haut., 80 cent. ; larg., 1 m. 25 cent.

ÉCOLE FRANÇAISE

24 — *Fleurs et attributs.*

Deux pendants.

Haut., 1 mètre ; larg., 45 cent.

ÉCOLE HOLLANDAISE

25 — *Deux Scènes villageoises.*

Gouaches.

ÉCOLE MODERNE

26 — *La Dame aux fleurs.*

FORAIN

27 — *Femme pleurant.*

Fusain avec dédicace.

FORAIN

28 — *Parfaitement! parfaitement! parfaitement!...*

Dessin à la plume rehaussé d'aquarelle.

FORAIN

29 — *Femme à demi-nue.*

Aquarelle de forme ronde.

SMEHOOL

(Jules-Van)

30 — *Garibaldien à cheval.*

Signé et daté : *1886*.

INCONNU

31 — *Danse dans les flammes.*

Pastel sur toile.
Projet d'affiche.

Haut., 1 m. 25 cent.; larg., 83 cent.

LEVET (L.)

32 — *Fleurs sur un tambour de basque.*

Signé et daté : *1893*.

LONGUET

33 — *Femme couchée.*

Signé.

MORIN (Louis)

34 — Série de trois dessins à la plume, rehaussés d'aquarelle, avec dédicace.

Dans le même cadre.

PAL

35 — *Tête de Jeune Fille.*

Dessin à la mine de plomb.
Signé.

SCOTT (George)

36 — Dessin avec dédicace.

VINCENT (E.-H.)

37 — *Le Paysagiste.*

Aquarelle.

38 — *Portrait d'Artiste.*

Pastel.

39 — Lot de gravures.

BIJOUX

40 — Sautoir composé de trois cent quatorze perles fines avec fermoir de cinq brillants disposés en croix.

41 — Sautoir en or, perles fines et turquoises.

42 — Broche montée d'une émeraude cabochon.

43 — Broche en or émaillé noir avec perle et rose.

44 — Bague semainier en or et pierres de couleur.

45 — Bague marquise pavée de diamants et pierres de couleur.

46 — Bague ancienne montée de diamants et d'émeraudes.

47 — Boucle en or ciselé, ornée de brillants et d'émeraudes.

48 — Collier en or et pierres de couleur.

49 — Bague montée d'un brillant, d'une émeraude et d'une turquoise.

50 — Grande chaine en or.

51 — Collier de perles baroques.

52 — Six petits saphirs et un brillant sur papier.

53 — Deux montres de dame, en or.

54 — Broche forme sabre, enrichie de brillants et de pierres de couleur.

55 — Médaillon en or.

56 — Pièce de monnaie en or.

57 — Deux anneaux et deux bagues en or.

58 — Broche et paire de boutons doubles en or et dents d'animaux.

59 — Seize boutons de chemise et de manchettes en or, argent, ornés de pierres fines.

60 — Flacon à odeurs et petite croix incomplète en roses.

61 — Chainette et deux petites médailles, fragments de chaine et monture de bracelet en or.

62 — Face à main argent.

ARGENTERIE

MÉTAL ARGENTÉ

63 — Paire de girandoles à trois lumières, en argent ciselé. Style Louis XV.

64 — Huilier en argent. Epoque Louis XV.

65 — Coupe en argent.

66 — Poêlon en argent.

67 — Pot à crème en argent.

68 — Verre en cristal, monture argent.

69 — Vaporisateur et flacon à sels, montures argent.

70 — Verre-d'eau composé d'un plateau et d'un sucrier en argent, d'un verre et d'une carafe, montés d'argent.

71 — Bougeoir en argent. Style Louis XVI.

72 — Petit plateau en argent.

73 — Plat rond en argent, à contours et filets.

74 — Théière, sucrier et pot à crème, en argent, à côtes tournantes.

75 — Corbeille en argent, bordure à ceps de vigne.

76 — Plateau rectangulaire en argent.

77 — Plat ovale en argent, à contours et filets.

78 — Petite coupe, forme feuille, en argent.

79 — Corbeille ajourée en argent.

80 — Jardinière rectangulaire en argent, intérieur verre bleu.

81 — Corbeille en argent.

82 — Légumier en argent uni.

83 — Moutardier, garni d'argent.

84 — Petit plateau en argent.

85 — Jardinière en argent repoussé. XVIIe siècle.

86 — Deux salières Louis XVI, en argent.

87 — Porte-cure-dents, cendrier, pelle à sucre, en argent.

88 — Brosse et sucrier, garnis d'argent.

89 — Corbeille en argent, à deux anses.

90 — Neuf cuillers à café en argent.

91 — Six couverts en argent.

92 — Cuiller et manche à gigot, argent.

93 — Passe-thé, cuiller et quatre pièces à hors-d'œuvre en argent.

94 — Deux carafons en cristal taillé. Monture argent.

95 à 97 — Neuf carafons et brocs en cristal et verre, ornés de métal et d'argent.

98 — Service de table en métal argenté, composé de dix-huit grands couverts, dix-huit fourchettes à entremets, douze cuillers à entremets, douze couverts à poissons, vingt-quatre grands couteaux, vingt-quatre couteaux à dessert dont douze à lames argentées.

99 — Douze fourchettes à huitres.

100 — Douze fourchettes à escargots, six brochettes.

101 à 105 — Environ quarante pièces de service : louches, pince à sucre, plateaux, etc.

106 — Plat en métal argenté.

107 — Service à œufs en plaqué.

108 — Pince à asperges en métal.

109 à 114 — Porte-pickles, écuelle, deux cafetières, seau à glace, porte-soda, trois petits plateaux, moulin à poivre, bouillotte, arrosoir, réchaud, etc., en métal.

115 — Seau à glace en métal.

116 — Plateau en métal argenté. Bordure ciselée. Style Louis XV.

FOURRURES

DENTELLES, ÉTOFFES

117 — Manteau en zibeline.

118 — Etole en zibeline, doublée d'hermine.

119 — Manchon en zibeline.

120 — Manchon en chinchilla.

121 — Etole en hermine, garnie de dentelle.

122 — Boléro d'astrakan garni de chinchilla.

123 — Boléro de loutre garni de broderie.

124-125 — Deux manteaux d'automobile en chat de Sibérie.

126 — Manchon d'automobile en renard.

127 — Couvre-lit en guipure sur fond de soie rose.

128 — Six volants de dentelles.

129 — Dentelles diverses.

130 — Onze coussins garnis de dentelles.

131 — Six coussins en soierie ancienne.

132 — Lot d'étoffes anciennes en soierie.

133 à 138. — Stores et rideaux de vitrage garnis de dentelles.

OBJETS DE VITRINE

139 — Bonbonnière en cuivre doré, intérieur en écaille. Epoque Louis XVI.

140 — Etui à nécessaire en cuivre doré, petite boite en argent, couvercle formé d'une pièce de monnaie orientale.

141 — Statuette en ivoire : Napoléon Ier; statuette en terre cuite et deux petites figurines en plâtre doré.

142 — Coffret en agate bleue, monture à cage en cuivre doré.

143 — Deux flacons à sels, monture argent.

144 — Deux bonbonnières en argent.

145 — Glace de poche en argent ciselé, décor offrant le porte-drapeau. Signé CARAN D'ACHE.

146 — Trois grands scarabées.

147 — Trois pièces de monnaies en argent.

148 — Épingle forme fleur étoilée en or.

149 — Grande ceinture en argent garnie de strass et pierres bleues.

150 — Miniature : Portrait d'Homme. Epoque Louis XVI.

151 — Lot de bijoux orientaux.

152 — Petit carafon et gobelet en argent cloisonné. Travail russe.

153 — Bonbonnière en cristal, couvercle en argent.

154-155 — Trois éventails. Epoque Louis XVI.

156 — Eventail en écaille blonde, garni de Chantilly noir.

157 — Eventail en nacre avec feuille peinte offrant des amours.

158-159 — Deux gros flacons à sels anglais, montures en argent.

160 — Jumelle en cuivre et face à main en écaille blonde.

161 — Cadre en argent. XVIIIe siècle.

162 — Salière et baguier en porcelaine décorée.

PORCELAINES, FAIENCES

163 — Surtout de table composé de sept statuettes de danseuses en biscuit, posant sur trois plateaux en glaces.

164 — Paire de vases en porcelaine bleue fouettée de Chine, monture en bronze de style Louis XV.

165 — Paire de lampes en porcelaine bleue turquoise, monture en bronze doré, style Louis XVI. Disposées pour l'électricité.

166 — Bénitier en faïence décorée.

167 — Quatre porte-bouquets en porcelaine de Copenhague et faïence.

168 — Flacon à thé en ancienne porcelaine de l'Inde.

169 — Vase en craquelé de Chine, décor aux arbres, monture en bronze. Style Louis XVI.

170 — Dix petits pots à crème en porcelaine, décor à semis de fleurs.

171 — Vase en céramique, décor à branchages fleuris. Signé : *Jérome Massier* (*Vallauris*).

172 — Cache-pot et jardinière en céramique bleu turquoise.

173 — Jardinière en céramique gros bleu, à rehauts d'or.

174 — Vingt-sept tasses et soucoupes en porcelaine. à décors variés.

175 — Cinq pots à crème et cinq théières en porcelaine décorée.

176 — Douze assiettes et quatre coupes à fruits en porcelaine genre Saxe.

177 — Service à dessert en porcelaine, à décor vert et or, sur fond blanc.

OBJETS VARIÉS

178 — Grande cassolette en émail cloisonné de Chine, décorée extérieurement et intérieurement d'ibis, d'autres volatiles et de fleurs en polychrome sur fond bleu et rose.

179 — Jardinière en cuivre rouge sur support en fer forgé.

180 — Deux landiers, avec pelle et pincettes en fer, forgé peint noir.

181 — Seau et jardinière en cuivre rouge, monture en fer forgé peint noir.

182 — Seau en cuivre rouge repoussé à godron.

183 — Table pliante en bois, dessus formé par un grand plat en cuivre gravé d'Orient.

184 — Quatre poupées habillées. XVIIIe siècle.

185 — Deux drapeaux anciens en soie.

186 — Boite à jeux en laque, fond vert à personnages. Epoque Louis XV.

187 — Mortier et porte-poids en bronze. XVIe siècle.

188 — Trousse de voyage en cuir, contenant des flacons et des boîtes avec bouchons et couvercles en argent.

189 — Sac de voyage en cuir noir, avec ustensiles garnis d'argent.

190 — Canne en jonc, avec béquille en porcelaine d'Allemagne.

191 — Deux petites coupes en onyx, sur trépied à cariatides d'enfants, en bronze argenté.

192 — Vase à quatre faces et coffret à thé en cristal gravé.

BRONZES, MARBRES

193 — Pendule en marbre blanc et bronze ciselé et doré; le cadran est surmonté d'une statuette de femme et accosté de deux enfants joueurs de corne en bronze à patine noire. Style Louis XVI.

194 — Pendule, forme monument, en marbre et bronze, le bas à huit colonnettes cannelées supporte le cadran orné de fleurs et surmonté d'un vase. Epoque Louis XVI.

195 — Paire de candélabres, forme vases, en marbre blanc, d'où s'échappent des branches de roses en bronze doré, piétement à têtes de satyres reliées par des guirlandes de vigne. Style Louis XVI.

196 — Paire de grands chenêts, formés de statuettes d'hommes allégoriques aux fleuves, en bronze, patine brune, couchés sur des volutes en bronze doré. Style Louis XV.

197 — Torchère à trois lumières en bronze doré et bleui, style Louis XV. Disposée pour l'électricité.

198 — Paire de candélabres, formés de statuettes de femmes accroupies, en bronze noir, portant les

bouquets de lumières en bronze doré et posant sur des socles en marbre rouge. Style Louis XVI.

199 — Deux flambeaux à deux branches électriques en bronze argenté. Style Louis XV.

200 — Paire d'appliques à trois lumières en bronze ciselé à feuillages. Style Louis XV. Disposées pour l'électricité.

201 — Deux paires d'appliques à deux lumières en bronze doré. Disposées pour l'électricité.

202 — Grand buste en marbre blanc : Portrait de femme du XVIIIe siècle, parée de fleurs.

203 — Groupe en marbre : Vénus et l'Amour. XVIIIe siècle.

204 — Petite statuette en bronze, patine verte : Enfant joueur de trompe.

205 — Eléphant courant, de *Barye*. Bronze patine verte, *édition de Barbedienne*.

206 — Lion dévorant sa proie, de *Barye*. Bronze patine verte, *édition de Barbedienne*.

207 — Paire de flambeaux en bronze ciselé et doré, fûts forme cariatides de femmes enguirlandées. Style Louis XVI.

208 — Paire de chenets en bronze ciselé, à figures d'enfants. Style Louis XVI.

209 — Plafonnier électrique, forme corbeille, en bronze et perles de verre. Style Louis XVI.

210 — Plafonnier électrique en perles de verre et bronze.

211 — Deux petites appliques, forme nœuds de ruban.

212 — Paire de petits flambeaux en bronze argenté. Style Louis XV. Disposés pour l'électricité.

213 — Lustre en bronze doré, à têtes de chérubins, ornés de rosaces et perles de cristal. Disposé pour l'électricité.

214 — Lampe de parquet en bronze doré. Disposée pour l'électricité. Style Louis XV.

215 — Galerie de foyer, porte-pelles et accessoires, et pare-étincelles en bronze doré. Style Louis XV.

216 — Pendule en biscuit, avec frise en bronze. Style Louis XVI.

217 — Statuette en plâtre : Paysanne. Signée : *E. Villanis.*

218 — Statuette de Bacchante en biscuit, montée en flambeau électrique.

MEUBLES, SIÈGES

219 — Ameublement de salon en bois sculpté et doré à feuilles d'acanthe et de laurier, couvert en tapisserie d'Aubusson, fond crème, dessin de guirlandes fleuries et enrubannées, corbeilles de fleurs et trophées de flèches. Il se compose d'un canapé et de deux bergères. Travail de style Louis XVI. (De la maison Jansen.)

220 — Grande marquise en bois sculpté et doré à cannelures, perlées et piécettes enfilées, couverte en tapisserie d'Aubusson; le dossier offre une corbeille fleurie suspendue à un nœud de ruban, au milieu d'entrelacs sur lesquels sont posées des colombes; sur le siège, une gerbe de fleurs. Style Louis XVI.

221 — Banquette en bois finement sculpté et doré, à feuillages et rosaces, pieds à spirales, couverte en tapisserie d'Aubusson à gerbes de fleurs sur fond crème, encadrées de feuillages. Travail de style Louis XVI. (De la maison Jansen.)

222 — Commode ouvrant à trois tiroirs en marqueterie de bois de couleur sur fond de bois de rose, ornée de bronzes, dessus en marbre rouge griotte. XVIIIe siècle.

223 — Petite table rectangulaire en marqueterie de bois, dessin de rosaces et losanges, tiroir avec tablette pour écrire. Style Louis XVI.

224 — Piano crapaud, de Pleyel. N° 116, 829.

225 — Tabouret de piano en noyer sculpté, dessus soierie fond vert. Style Louis XVI.

226 — Petite table de nuit en bois de rose et palissandre, garnie de bronzes, dessus en marbre brèche d'Alep. Epoque Louis XV.

227 — Console en bois sculpté et doré à volutes et feuillages. Epoque Louis XV. Dessus de marbre rouge griotte.

228 — Ecran, formant bureau en acajou. Ier Empire.

229 — Deux colonnes en marbre veiné vert, base et plinthe en marbre rouge, garnies de bronzes dorés. Style Louis XVI.

230 — Grande glace avec cadre doré à fleurs.

231 — Buffet-dressoir de salle à manger en noyer sculpté, dessin à draperie et corbeilles de fleurs, dessus et côtés formant étagères, à dessus de marbre, le haut en glace avec cadre doré. Style Louis XVI.

232 — Vitrine-argentière de même travail.

233 — Table de salle à manger analogue.

234 — Neuf chaises en bois sculpté à dossiers forme lyres, avec coussins en velours rayé.

235 — Deux fauteuils en bois sculpté, foncés de canne. Epoque Louis XIV. Accompagnés de coussins en velours rayé.

236 — Chaise à dossier, lyre ornée de perlés, avec coussin en soierie rayée.

237 — Poudreuse en marqueterie de bois, dessus à fleurs et trophées de musique, ornée de bronzes. XVIIIe siècle.

238 — Petite commode ouvrant à trois tiroirs en bois de rose et marqueterie, ornée de bronzes, dessus de marbre gris. Style Louis XVI.

239 — Table rafraichissoir en acajou ; dessus en marbre noir.

240 — Baromètre en bois sculpté et doré. Epoque Louis XVI.

241 — Cartel en bois sculpté et doré. Epoque Louis XV.

242 — Petite console d'applique en bois sculpté et doré. Époque Louis XVI.

243 — Grand plateau en bois sculpté, laqué rouge. Epoque Louis XV.

244 — Banquette en bois sculpté, peint gris, rehaussé d'or, dessus de damas rouge et broderies d'argent. Epoque Louis XVI.

245 — Bergère en bois sculpté, laque crême et filets mauves, couverte en moire crême brochée. Epoque Louis XV.

246 — Tabouret carré en bois sculpté, couvert en moire crême broché.

247 — Divan-lit couvert et avec coussins en moire crême brochée à fleurs.

248 — Très petite table en marqueterie de bois à fleurs. Style Louis XV.

249 — Table à étagères en laque, décor d'amours.

250 — Glace d'entre-deux, avec cadre en bois sculpté et doré. Style Louis XVI.

251 — Glace avec cadre en bois sculpté et doré. Epoque Louis XV.

252 — Armoire en marqueterie de bois de luxe, dessin à croisillons, ornée de bronzes ciselés et dorés, ouvrant à trois portes, celle du milieu avec glace biseautée. Style Louis XVI.

253 — Lit en bois sculpté peint blanc, décor de roses, foncé de canne. Style Louis XVI.

254 — Psyché flanquée de deux glaces mobiles, en-

cadrées de bronzes dorés; le bas à deux chiffonniers en marqueterie de bois de rose et de couleur. Style Louis XVI.

255 — Bureau-cylindre en marqueterie de bois, à filets, orné de bronzes. Epoque Louis XVI.

256 — Guéridon ovale en marqueterie de bois de luxe, à médaillon de fleurs, réserve sur fond de losanges. Style Louis XVI.

257 — Commode en marqueterie de bois, décor d'objets d'ameublement, garnie de bronzes. Epoque Louis XVI.

258 — Table ovale en bois marqueté de filets, dessus en marbre blanc avec galerie de cuivre. Epoque Louis XVI.

259 — Bibliothèque à deux vantaux vitrés, en chêne sculpté à quadrillés, rosaces, coquilles et rinceaux. Style Régence.

260 — Commode, de forme ventrue, en bois marqueté dit au soleil, encadrement, poignées et chutes en bronze doré. Dessus de marbre brocatelle. Style Louis XV.

261 — Table à jeu en marqueterie de bois, dessus à damier et fleurs. XVIIIe siècle.

262 — Chaise en bois sculpté peint blanc, foncé de canne, doré. Epoque Louis XIV. Avec coussin de velours rose rayé.

263 — Porte-parapluies en bois sculpté peint blanc et doré, devant grillagé.

264 — Glace avec cadre doré, à volutes et coquilles.

265 — Porte-manteaux en bois peint blanc et doré, patères en cuivre doré. Style Louis XV.

266 — Deux portes en bois peint blanc, garnies de soierie verte et cloutées de cuivre.

267 — Epinette en acajou orné de bronzes dorés. Epoque du Premier Empire. Signé : *Franz Hubert in Wien*.

268 — Fauteuil et tabouret en bois sculpté, foncés de canne, couverts de damas jaune. XVIIIe siècle.

269 — Petit guéridon en acajou.

270 — Canapé à haut dossier en bois sculpté et doré, à contours fleuris et feuillagés, couvert en soierie rose brochée de grisailles, décor aux Chinois, d'après Leprince. Style Louis XV.

271 — Petit canapé en bois sculpté et doré, couvert de soierie jaune. Style Louis XV.

272 — Petite vitrine ouvrant à deux portes vitrées, en bois satiné orné de perles de cuivre. Epoque Louis XV.

273 — Tabouret carré de pied, en bois sculpté, dessus en soierie jaune.

274 — Table de nuit en bois laqué, décor chinois. XVIIIᵉ siècle.

275 — Jardinière, surmontée d'une grande glace en bois sculpté peint blanc et rehaussé d'or, dessin à chutes de fleurs et mascarons. Style Louis XIV.

276 — Grand canapé en bois sculpté et doré à contours fleuris, du temps de Louis XV, couvert en soierie brochée à fleurs, fond blanc.

277 — Fauteuil en bois sculpté à feuillages, perlés et rosaces, accottoirs se terminant en têtes de béliers. Epoque Louis XVI.

278 — Bergère en noyer sculpté à rosaces et rais de cœur, pieds à cannelures, couverte de soie jaune. Epoque Louis XVI.

279 — Chaise bidet en bois sculpté. Epoque Louis XV; cuvette en métal argenté.

280 — Paravent en noyer à quatre feuilles, garnies de damas de soie rouge. Style Louis XV.

281 — Glace avec cadre Louis XIV en bois sculpté et doré.

TENTURES, TAPIS

282 — Décor de lit et deux décors de fenêtre en moire crème brochée et rayée, garnis de dentelles.

283 — Deux rideaux en moire crème brochée, garnis de dentelles.

284 — Deux rideaux de damas de soie rouge, dessin ton sur ton.

285 — Quatre rideaux en soie brochée vieux rose, avec galerie dorée.

286 — Deux rideaux en soie crème, à dessins roses, avec galeries dorées.

287 — Deux rideaux de damas de soie jaune ancien.

288 — Tapis long d'Orient, fond gros bleu à rosaces et fleurs en polychrome ; bordure fond rose.

289 — Tapis long d'Orient, fond rose à fleurs ; bordure fond gros bleu.

290 — Tapis chemin d'Orient, décor à palmettes.

291 — Tapis d'Orient, fond blanc à petits dessins.

292 — Tapis chemin d'Orient, décor à diagonales,

293 à 299 — Sept tapis d'Orient de grandeurs et décors variés.

300 — Tapis fond rouge, à dessin bleu

301 — Tapis moquette rouge.

302 — Livres.

303 — Linge de maison.

304 — Services de table et de verrerie.

305 — Batterie de cuisine, etc.

www.ingramcontent.com/pod-product-compliance
Ingram Content Group UK Ltd.
Pitfield, Milton Keynes, MK11 3LW, UK
UKHW020514180726
13839UKWH00005B/2083

9 782329 583846